LO DE SOÑAR

Diseño de cubierta: Eugenia Alcorta / Virginia Ortiz
Diseño y maquetación de interiores: Virginia Ortiz

TERCERA EDICIÓN

©1998 Naiara Álvarez
©1998 EDICIONES GAVIOTA, S. L.
Manuel Tovar, 8
28034 MADRID (España)
ISBN: 84–392–8110-2
Depósito legal: LE. 1.186-2002

Printed in Spain – Impreso en España
Editorial Evergráficas, S. L.
Carretera León – La Coruña, km 5
LEÓN (España)

AIS041025

LO DE SOÑAR

Naiara Álvarez

**Finalista
I Premio de Literatura Infantil
«Leer es vivir»**

Ilustraciones de
ALICIA CAÑAS CORTÁZAR

3ª Edición

EDICIONES
Gaviota

*A mis padres, a mi familia
y a mis amigos, porque siempre
que los necesito están allí
para ayudarme.*

INTRODUCCIÓN

La historia que ahora os contaré, mi historia, es un poco extraña, bastante rara. Sólo a una niña como yo, una niña imaginativa y soñadora, que de cualquier cosa, por insignificante que sea, hace una aventura, le puede pasar lo que a mí me sucedió.

Dejadme pensar un poco, encontrar una palabra, y ya puedo contaros una historia. ¡A ver..., eh..., jirafa!

Vais por la calle disgustados porque tenéis que ir a una aburrida fiesta, y de repente llega una jirafa volando y os lleva en su cuello hasta el país verde, que es verde porque hay muchos árboles, y allí encontráis a un viejo amigo

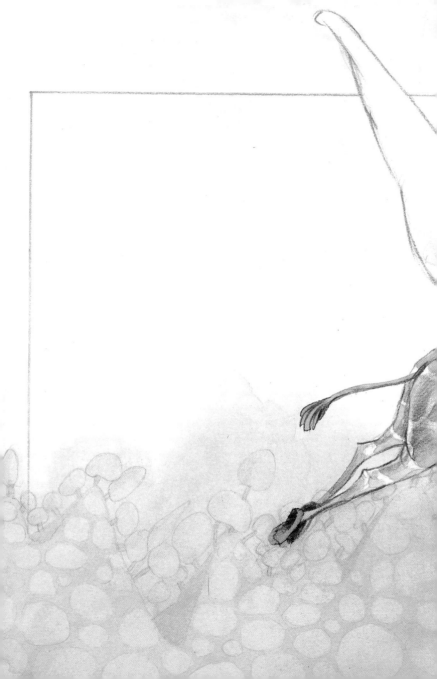

de Suiza que os invita esa misma noche a su mansión. Durante la tarde podéis ir a las mejores tiendas y comprar todo, todo lo que os apetezca absolutamente gratis. Al anochecer os presentáis en casa de vuestro amigo, dándoos cuenta de que estáis en medio de una de las fiestas más divertidas del mundo y pasando una noche maravillosa. Luego llegáis a vuestro destino, llevándoos una gran desilusión porque ya creíais que era verdad todo lo imaginado.

Pues así era mi vida antes, llena de sueños y desilusiones, hasta que me llevaron a..., ya os lo explicaré, aquí no viene al caso.

1

SOÑAR DESPIERTA

Yo era, y todavía soy, aunque algo menos, una soñadora. Como me aburría en clase, pasaba el día inventando historias que podrían suceder en ese preciso instante, y los profesores se quejaban de que no prestaba ninguna atención a sus explicaciones.

Y claro, al llegar a casa no entendía nada de lo que tenía que estudiar. Mi madre iba a hablar con los profesores y ellos le decían en un tono burlón:

—No es que su hija no entienda lo que explicamos, es que su hija no atiende a lo que explicamos, que parece lo mismo, pero no lo es.

Mi madre volvía furiosa y me castigaba sin salir, pero eso empeoraba las cosas, porque no paraba de pensar en qué iba a hacer cuando me levantaran el castigo.

Cuando entregaron las notas me llevé un gran disgusto al ver que había suspendido cuatro. La verdad es que pensaba no haber llevado tan mal el curso. Mi madre me ayudó mucho en las recuperaciones. Cuando estaba despistada, me daba un toque y volvía a poner manos a la obra. La asignatura que aprobé con la nota más alta fue Historia, ya os podéis imaginar por qué.

A las pocas semanas de acabar el colegio, mi madre me llevó a médicos y psicólogos, pero lo único que le dijeron fue que tenía sobrada imaginación, y que no podían hacer nada para solucionarlo.

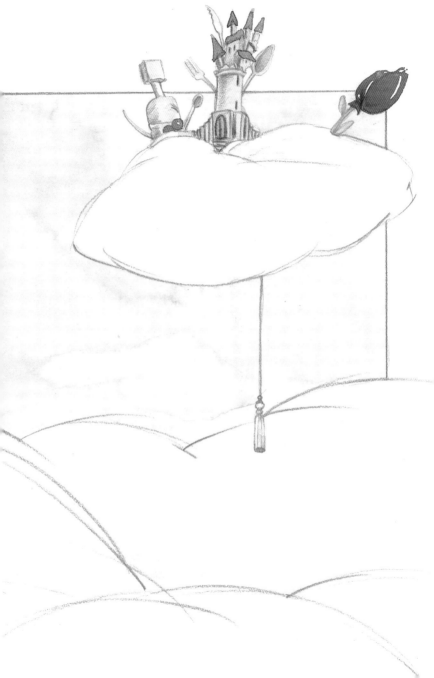

2

UN PROBLEMA

Un día, ya en vacaciones, mi madre se hartó de que me pasara el día soñando despierta inventando historias sin lógica alguna; la verdad es que debía parecer muy tonta mirando fijamente cualquier cosa que se moviera, o algún color luminoso. Me dijo que había decidido llevarme a un brujo, porque estaba muy preocupada por mí y los médicos no podían hacer nada.

Así que esa noche la pasé imaginando cómo sería el tal brujo... Alto, bajo, gordo, flaco, triste, alegre, calvo, peludo, rubio, moreno, fino, bruto, fuerte, débil... y muchas cosas más. Por fin me quedé dormida de puro agotamiento, pero no sola, sino con cientos y cientos de brujos.

Me levanté medio mareada y, casi sin desayunar, me vi metida en el coche. Mi padre nos llevó a las afueras de la ciudad, dejándonos en medio del campo. Pasaban pocos coches. Caminamos durante un buen rato entre girasoles, trigo y maíz, hasta que llegamos a una antigua gran casa de piedra con dos ventanucos, un portalón en el centro y una puerta pequeña a un lado. Me di cuenta de que mi madre dudó un instante antes de entrar, se quedó mirando la casa de manera rara, pero de repente entró muy decidida.

3

EL BRUJO MADALENO

Por dentro la casa no era ni la mitad de grande de lo que parecía desde fuera. En el salón había una gran mesa de madera con cinco sillas tapizadas en una tela de estrellas azules. Pensé que el dichoso brujo debía de ser daltónico o algo así, porque las estrellas son amarillas. Nos sentamos en un sofá tapizado con el mismo estampado de las sillas. Las paredes estaban llenas de fotografías. Todas eran de

personas y de un señor que llevaba bigote y un sombrero de estrellas azules. Algunas fotos eran antiguas, en blanco y negro. Dediqué especial atención a una en donde se veía una chica con el pelo muy largo, que me recordaba a alguien, pero no sabía a quién. En ese momento entró un señor bajito y regordete, con bigote y un sombrero de estrellas azules... Mi madre nos presentó.

—Madaleno, mi hija Laura.

—Laura, el brujo Madaleno.

Ellos se abrazaron al saludarse, como si ya se conocieran. Después nos sentamos alrededor de la mesa y empezaron a hablar...

4

LA HABITACIÓN

Llevaban ya un rato hablando cuando me di cuenta de una cosa que había pasado por alto. Al final del salón o comedor, lo que fuera, había dos puertas: a la derecha una azul, y a la izquierda una marrón o amarilla. Después de pensar un rato a dónde podrían llevar: a las habitaciones, al baño, a la cocina, etc., el brujo Madaleno se dirigió a mí con una voz muy penetrante:

—¿Qué prefieres? ¿Cielo? —y seña-
ló la puerta azul—. ¿O tierra? —indi-
cando la puerta marrón o amarilla.

Me quedé pensando. No sabía a
qué venía aquella pregunta.

—¿No has escuchado lo que acabo
de decir? —dijo.

Asentí con la cabeza baja, porque
me daba vergüenza reconocer que me
había quedado algo sorprendida.

—Da igual —dijo—. Elige tú misma. Ya lo descubrirás más adelante.

—Cielo —respondí. Y le miré con
ojitos de pena.

—Bueno, pues cuando quieras,
puedes entrar.

Le di un beso tan fuerte a mi madre, que resonó en toda la habitación;
me dirigí a la puerta azul, suspiré,
agarré el pomo, lo hice girar, y entré
muy decidida.

5

LA PRIMERA SALA

La puerta se cerró y tuve la sensación de que no saldría de allí en mucho tiempo. Todo estaba muy oscuro. Intenté buscar un interruptor palpando la pared, pero no encontré ninguno. Después de moverme durante un rato sin ver absolutamente nada, mis ojos se acostumbraron a la oscuridad, y no sé por qué, me dio la impresión de que las paredes eran altísimas. Cuando intentaba saber a qué altura

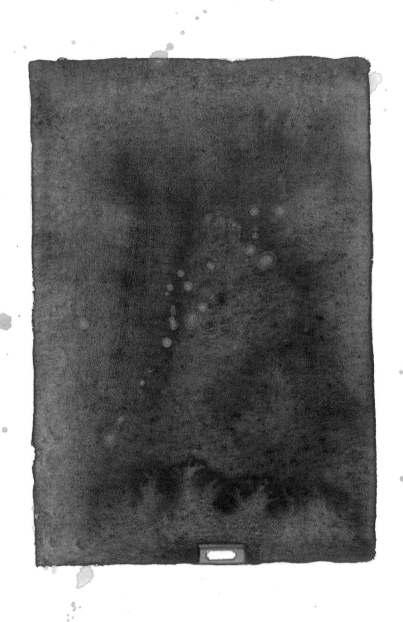

terminaban, escuché una voz que dijo:

—Estás en la primera sala, el laberinto. Tienes que encontrar una caja de galletas y la salida.

Hizo una breve pausa y continuó:

—No te atrevas a comer ninguna galleta. Si lo haces, te quedarás encerrada en este mundo para siempre.

La voz me asustó mucho. ¿Dónde me habían metido? Quise salir de allí desesperadamente. Grité, lloré, volví a gritar, pero lo único que oía era mi propia voz. Hice de tripas corazón y me adentré en la más profunda oscuridad.

6

EL LABERINTO

Las paredes eran muy lisas y no se veía el final. Imposible escalarlas. Iba todo el tiempo agachada y palpando el suelo para ver si aparecía la caja de galletas, pero no la encontré. ¿Qué significaba eso? ¿Que no podría salir de allí? Estuve a punto de volver a llorar. Llevaba mucho tiempo arrastrándome por ese laberinto sin ningún éxito. Pero vi un resplandor y pensé que era la salida. Fui hasta él, y al llegar me encontré con una dura e insensible pared. Entonces sí que empecé a llorar, sintiéndome sola, muy sola, y al final estaba tan cansada que me dormí. Lo que recuerdo después es un ruido que me desveló y terminó con la siesta que me mantenía calentita. Miré atenta alrededor y de verdad que intenté tranquilizarme, pero el miedo me había invadido, el pulso iba muy rápido, las piernas me temblaban...

7

UN AMIGO

No pude tranquilizarme aunque sabía que tenía que hacerlo. El ruido cada vez se oía más cerca. Me acurruqué en una esquina y esperé temblando.

Entonces vi una sombra que se acercaba y se paró a mi lado. Y me atreví a preguntar:

—¿Quién eres? ¿Eres alguien?

—¿Y tú? —dijo una voz infantil.

—Laura —contesté—. ¿Me vas a hacer daño?

—En todo caso me lo podrías hacer tú a mí. ¿No crees? —respondió el ser.

Miré y no vi a nadie. La voz venía del suelo; acercándome pude ver una figura diminuta de ojos saltones que me miraba.

—¿Quién eres? —volví a preguntar.

—Toén, el enano Toén.

El corazón ya no me latía tan deprisa como antes. ¿Sería bueno el enanito? ¿Me ayudaría a salir? ¿Sería un buen amigo y me haría compañía en este mundo oscuro tan extraño...?

8

UN EXTRAÑO MUNDO

Toén me pareció muy simpático. Le pregunté todo lo que se me ocurrió, respondiéndome cosa por cosa con una sonrisa que nunca desaparecía. Me explicó que el brujo Madaleno había desarrollado un tratamiento para las personas con demasiada imaginación, para que acabaran teniendo sólo un poco más de la normal. Porque se había comprobado científicamente que las personas soñadoras tendían a

31

sufrir más en la vida y a deprimirse con más frecuencia que las personas realistas. Estuve a punto de preguntarle qué significaba eso, pero lo primero era encontrar la salida.

Toén prometió ayudarme a buscar la caja de galletas y a salir de allí, pero no quiso contarme qué había al otro lado de las paredes; sólo dijo una frase que me desconcertó un poco:

—Sea cual sea lo que haya al otro lado de esta habitación, no te preocupes, porque no va a hacerte daño.

¿Qué significaba eso?

Bueno, al menos no iba a pasarme nada malo.

¿Pero qué habría fuera del laberinto? ¿Otro mundo? ¿Otra sala? ¿Otra dimensión?

9

LA CAJA DE GALLETAS

—¿Me puedes llevar en tu mano? —dijo Toén—. Si no, nunca llegaremos.

De verdad, su paso era diminuto. Me pareció una buena idea, lo cogí del suelo y fue guiándome por aquel laberinto, el cual no parecía tan frío ni tan oscuro como antes. Sería porque ya no me sentía sola al tener la compañía de Toén.

Llegamos en seguida a una especie de plaza circular, y en el centro había una caja, la abrí y estaba llena de galletas.

Ahora sólo faltaba encontrar la salida, pero no era tan fácil. Toén, al ser un enanito, necesitaba descansar, y tuvimos que parar para que pudiese dormir un rato. Mientras él soñaba con los angelitos, yo imaginaba cómo sería el mundo que me esperaba a la salida del laberinto. Asocié lo que sabía, que era muy poco: cielo, por lo de la puerta que elegí; no peligroso, por lo que decía Toén, y poco más.

¿Iría encaminada? ¿Estaba bien imaginar cuando en realidad estaba allí para aprender a no hacerlo? ¿Qué habría pasado si hubiera escogido la puerta marrón o amarilla, llamada tierra?

10

UNA DUDA

Toén despertó al cabo de un tiempo que me pareció una eternidad, y cuando quisimos continuar para buscar la salida se nos presentó otro pequeño problema. Me explicó que él, siempre después de dormir, necesitaba comer algo inmediatamente, porque si no carecía de fuerzas para moverse. Me preguntó si le podía dar una galleta de las que había en la caja, yo la abrí muy decidida, pero escuché en mi interior una voz que repetía:

«No puede faltar ninguna galleta, si no, te quedarás encerrada en este mundo para siempre... Si no, te quedarás encerrada en este mundo para siempre...»

¿Qué debía hacer? ¿Darle una galleta y quedar prisionera de este mundo desconocido y extraño? ¿Abandonar a Toén después de haberme ayudado? ¿SÍ? ¿NO? ¿SÍ? ¿NO? ¿Sacrificarme y ayudar, o ser egoísta y tener remordimientos durante el resto de mis días? Pensándolo, decidí ayudarle; después de todo no sería tan horrible quedarse encerrada en ese mundo, ya que Toén había dicho que nadie me haría daño.

Aunque corría el peligro de convertirme en una prisionera, me sentí muy bien al saber que había hecho feliz a una persona con una simple galleta... ¿Podría salir alguna vez de ese extraño y oscuro mundo?

11

LA SALIDA

Toén me dio mil y una gracias, le recogí otra vez del suelo y seguimos nuestro camino. Caminamos y caminamos durante mucho tiempo, pero el camino no se hizo largo ni pesado al no dejar de hablar ni un minuto. Creo que estábamos empezando una gran amistad. ¡Qué hubiera hecho sin Toén! ¡Había merecido la pena darle esa galleta! Pensé que quien me pidiese la caja, dejaría que le explicase por qué faltaba una, reconocería que fue por una causa justa.

Nos divertimos mucho hasta que llegamos a un largo y estrecho pasillo que terminaba en una puerta azul. No entiendo cómo pude ver que era azul si todo estaba a oscuras... Toén dijo que no podía continuar conmigo y que teníamos que separarnos allí mismo. Noté mis lágrimas resbalando, me daba mucha pena dejarle, lo puse en el suelo, nos despedimos con la mano mientras me alejaba, y seguí adelante. Al llegar a la puerta giré la cabeza; Toén había desaparecido, y una vez más, suspiré fuerte, agarré el pomo, lo hice girar y entré muy decidida.

12

LA SEGUNDA SALA

La puerta se cerró, pero esta vez muy lentamente. Quedé maravillada al ver lo que me rodeaba, estaba en una ciudad encima de las nubes y caminaba sobre ellas. Después de tanta oscuridad, me sentía muy bien allí. Había ocho filas de casas, la primera fila era de casas amarillas, la segunda de casas rojas, la tercera de casas verdes y la cuarta de casas azules, y así de varios colores más. Cuando iba a enca-

minarme hacia aquella curiosa ciudad, escuché de nuevo la voz que me había hablado en la primera sala. Decía:

—Has logrado salir. Ahora tienes que encontrar a una pastelera. Ofrécele las galletas y ella te dará una llave.

Después hizo una pausa y continuó:

—Espero que no hayas comido ninguna, porque si no, yo que tú no iría a ver a la pastelera y buscaría un lugar de residencia en este mundo.

Me asusté mucho. ¿Qué quería decir con eso? ¿Qué iba a ocurrirme? ¿Debía buscar a la pastelera, o un sitio para vivir? Caminé hacia las casas; lo cierto es que YO NO HABÍA COMIDO NINGUNA GALLETA. Decidí preguntar casa por casa dónde vivía la dichosa pastelera... ¿Podría salir de ese mundo? ¿Se daría cuenta la pastelera de que faltaba una galleta?

13

EL CAMINO AMARILLO

Pronto se borró de mi cabeza la idea de quedarme prisionera. Me dirigí a una casa amarilla, llamé a la puerta y dije con tono amable:

—Buenos días, señora, ¿podría decirme dónde vive la pastelera?

—¡Oh, chiquilla, debes de estar hambrienta, pasa, pasa!

Y como no había comido nada, no pude negarme a su invitación. Comí carne asada y ensalada de atún, y de

postre, helado; pero la señora no sabía dónde vivía la pastelera.

Fui a otra casa amarilla, que estaba bajando un poco, y la dueña me invitó a otro suculento manjar. Esta vez fue pescado y canelones lo que me llevé a la boca, pero ella tampoco supo decirme dónde vivía la pastelera.

Supuse que en todas las casas del mismo color pasaría lo mismo, que me darían de comer en todas pero nada más. Así que decidí ir a las casas rojas a probar si tenía más suerte.

¿Sabrían las señoras de las casas rojas dónde vivía la pastelera?

¿Alguien tendría noticias de ella?

14

CAMINO ROJO Y VERDE

Me acerqué a una casa roja, llamé y volví a preguntar lo mismo que las veces anteriores, pero al oír la palabra pastelera, cerraron la puerta con tal portazo que creí que se caía la casa encima de mí. ¿Por qué los de las casas rojas eran así? ¿Sería que ellos eran como yo, unos soñadores que se comieron una galleta y se habían quedado a vivir allí?

Tuve miedo, pero fui hacia las casas verdes y pregunté otra vez en tono amistoso:

—¿Señora, me podría hacer el favor de decirme dónde vive la pastelera?

La señora miró a un lado y a otro por si hubiera alguien, se acercó y me dijo confidencialmente en el oído:

—Sigue el camino verde, desvíate en la sexta casa hacia las azules, continúa hasta la número trece y verás una casa en la lejanía.

Sonrió y cerró la puerta.

Hice lo que me dijo, y al llegar a la casa azul número trece, vi una a lo lejos de color blanco, me acerqué cautelosamente, la observé, vi que tenía una chimenea, dudé unos segundos...

¿Se darían cuenta de que faltaba una galleta?

15

LA PASTELERA

Llamé a la puerta sin estar muy convencida. Abrió una señora gordita con un delantal manchado de harina. Me presenté y le ofrecí la caja de galletas. Dejó que entrara y me preguntó como si nada:

—La llave, ¿no?

Dije que sí con la cabeza.

—Un momento —respondió. Abrió una caja de madera y sacó de ella una llave dorada.

Luego cogió mi caja y empezó a contar:

—Una, dos, tres...

El corazón me latía velozmente.

—Diez, once, doce...

Ahora aún más deprisa.

—Dieciocho, diecinueve, veinte y... ¡FALTA UNA! —gritó furiosa—. Nunca tendrás la llave. ¿Cómo has podido comerte una?

—¡No! —dije—: ¡Yo no la comí! ¡Fue Toén, el enano Toén!

—¡Y pretendes que me crea tal barbaridad! —gritó—. No me chupo el dedo. Los enanos no existen. ¡Sólo existen en las mentes retorcidas de la gente soñadora y mentirosa!

¿Por qué no me había creído? ¿Sería verdad que Toén era fruto de mi imaginación? ¿Qué me iba a suceder?

16

EXCUSAS Y SOLO EXCUSAS

La pastelera parecía cada vez más y más furiosa, y encima no me dejaba contarle la verdad. Empecé a llorar. ¡Yo no era una mentirosa! ¿Tendría que haber abandonado a Toén? ¿Era verdad que todo había sido pura imaginación? Ahora me daba cuenta de que si seguía soñando tanto, nunca sabría distinguir entre la realidad y la ficción.

Volví a excusarme, pero no sirvió

de nada. Así que decidí improvisar un poco:

—Pastelera —dije—, usted no me cree. Pues le aseguro que Toén era tan real como usted, y si él ha sido fruto de mi imaginación, entonces usted también lo es.

En ese momento, la pastelera desapareció. Pude ver una puerta azul, cogí la llave. ¿Sería la puerta que me conduciría a mi mundo? ¿Sería otra sala lo que me esperaba detrás de la puerta azul? ¿Tendría que quedarme a vivir allí?

Cogí la llave, la hice girar silenciosamente y entré muy decidida, pero con un miedo en el cuerpo...

17

LA TERCERA SALA

¡Había podido salir al mundo real! Empecé a correr hacia donde estaban mi padre y mi madre, sentados, aguardando mi llegada impacientes. Pero cuando quise acercarme, lo impedía un cristal. ¿Qué significaba aquello? ¿Era otra sala? No supe cómo reaccionar, me senté y esperé instrucciones, como siempre. Entonces escuché una voz masculina:

—La tercera sala. Aquí verás la vida

de una persona soñadora y descubrirás tu camino. Cuando comprendas el objetivo de las salas, podrás salir y vivir tranquilamente con tus padres como si nada hubiera pasado. Si no lo consigues, tendrás que ver la vida de una persona realista, y con las diferencias que notes, sacarás las conclusiones correctas...

18

EL PASADO

Me senté en el suelo y escuché:

—EL PASADO.

Vi a una niña pequeña con dos coletas diciéndole a su madre:

—No he entregado los deberes porque salieron por la ventana para ir a conocer a las cebras.

Y la madre decía enfadada:

—No mientas, cariño. Dime por qué no los has hecho.

—Sí que los hice —dijo la niña—,

pero no volvieron porque después de las cebras fueron a ver a los elefantes y luego a las gaviotas y luego a...

—¡Calla! —gritó la madre—. Deja ya de inventar historias. ¿No sabes que los papeles no salen a conocer mundo?

—Pero... —dijo la niña.

—¡Pero nada! —concluyó la madre.

Y la niña se fue a llorar a su habitación porque la madre no entendía que hubiera tirado los deberes por la ventana para que vieran a todos los animales que ella había visto en el zoo y estaba deseando volver a ver...

19

EL PRESENTE

Cuando el vídeo se apagó, escuché otra vez aquella voz:

—EL PRESENTE.

Había una chica de unos diez años que lucía media melena y que iba diciéndole a sus amigas:

—Estoy segura de que en el examen de hoy he sacado un diez. Me ha ido de maravilla y mi madre va a regalarme un juego para la videoconsola, porque ayer estuve sin salir de casa ni un minuto, estudiando todo el rato para intentar sacar un diez.

Al día siguiente, de camino al colegio, se imaginaba ya con su juego nuevo y a su madre felicitándola por su gran esfuerzo. Al llegar a clase, cuando repartieron los exámenes, vio con mucha desilusión que su nota no era un diez, sino un triste y justo cinco. Se desmoronó y se fue a llorar sola y triste al baño. No entendía por qué, si le había ido tan bien, sólo había sacado un cinco...

¿Qué iban a decir sus padres? ¿Aún le comprarían el juego? Seguía llorando más de lo normal porque sus ilusiones se habían ido tal como habían venido.

20

EL FUTURO

Sin tiempo para reflexionar, escuché:

—EL FUTURO.

Vi a una mujer alta, muy guapa y con el pelo largo, que estaba en su habitación diciendo:

—Yo era la mejor de la entrevista. Me elegirán y seré azafata, luego ascenderé a presentadora, seré entonces famosa y saldré en las revistas, seré millonaria y viviré feliz.

Tenía la cara alegre cuando sonó un estrepitoso timbre de teléfono:

—Sí, soy yo. ¿Que llaman por lo de la solicitud de trabajo?

(...)

— ¿Por qué? ¿Que no soy lo suficientemente buena? Mejoraré, estoy segura.

(...)

—Pero... Pero...

(...)

—Adiós. Hasta pronto.

Y colgó. ¡Con las ilusiones que se había hecho! ¡Ahora no podría ser presentadora, ni famosa, ni rica, ni nada! Tiró sus fotos al suelo, se arrojó a la cama y lloró y lloró hasta que encontró una solución...

Tendría que empezar de nuevo, desde cero, pero sin inventarse nada, para luego no desilusionarse por culpa de su propia fantasía.

21

REFLEXIONES

Quedé muy impresionada con los fragmentos de la vida de esa chica. ¿Eso quería decir que, a la larga, yo acabaría igual? No entiendo por qué se asocia la imaginación con la mentira. Aunque es verdad que las personas que tienden a mentir son aquellas que imaginan tanto que acaban por creerse su propia fantasía.

Yo sé que de pequeña era como la primera niña, mentía porque quería que mis cosas vieran todo aquello que yo quería ver y tocar, pero no podía ser. Ahora también era como la segunda niña, haciéndome tantas ilusiones que siempre termino llorando en mi habitación. ¿Seré de mayor como la tercera? ¿Qué puedo hacer? ¡No soy una mentirosa! Pero sí una soñadora.

22

SALA TRAS SALA

La cuestión era olvidarse de soñar, ser realista y madura sin fantasías ni sueños...

—¿Es esa la solución? —pregunté. Porque sabía que alguien me escuchaba desde algún sitio.

—No, esa no es la solución —contestó la misteriosa voz—. ¿Quieres ver el otro vídeo?

—No, gracias, no quiero ver otro vídeo —contesté sarcásticamente—.

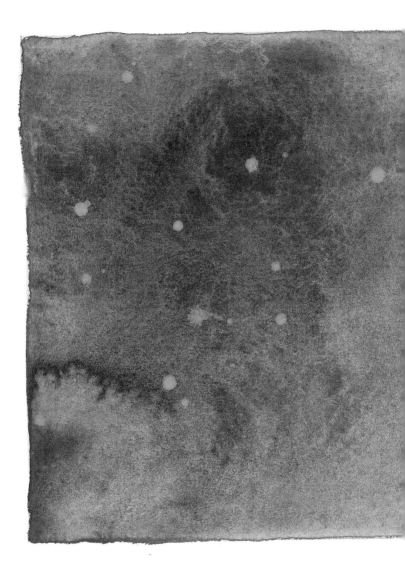

¡Cuál es la solución! —continué, gritando.

Pero esta vez nadie me respondió. Intenté recordar las salas.

La primera, un laberinto oscuro, un enano, una caja de galletas... un laberinto oscuro, oscuro...

La segunda sala, nubes, casas de colores, llaves, pasteleras...

La tercera, niña, chica, mujer, reflexiones...

Ya lo entiendo. ¿Cómo no había caído antes?

La primera sala representa el principio de un sueño porque todo es oscuro, muy oscuro, como cuando te preparas para dormir.

La segunda sala representa el sueño, las nubes, volar entre ellas, colores, verdaderamente un sueño maravilloso.

Y la tercera sala representa... ¿Qué representa? ¿El final del sueño? ¿Una comparación entre un sueño anterior y otro? ¿De qué me sirve conocer la vida de otra chica? Quizá porque es igual que la mía, o porque es el ejemplo más claro de una soñadora.

23

LA ÚLTIMA REFLEXIÓN

Creo que he entendido el porqué de todo. Si sueñas despierta no atiendes a la vida real y te parece todo aburrido y monótono. Y al contrario, si intentas ver lo que hay en la vida, cualquier día, sea bueno o malo, tendrás ganas de salir y divertirte sin necesidad de quedarte en tu habitación soñando. En otras palabras, que si no estás atento a las cosas no te pueden gustar, y si sueñas se pasa el tiempo y no has visto nada, y no has aprovechado las oportunidades, y no sabes qué hacer...

—MUY BIEN. Veo que lo has entendido a la perfección —dijo la voz invisible.

En ese momento apareció la puerta azul, me dirigí corriendo hacia ella, cogí el pomo, lo hice girar, suspiré hondo y entré muy decidida.

24

¡YA ESTOY AQUÍ!

Una luz brillante me cegó, pero en seguida pude ver a mi padre y a mi madre sentados en unas sillas, esperando mi llegada. Corrí y abracé muy fuerte a mi madre, con mucho cariño. Luego abracé a mi padre, y en ese momento entró Madaleno.

Estuvimos hablando sobre lo que había aprendido, y al ver mis progresos, decidió que ya había aprendido la lección, y lo más importante, había

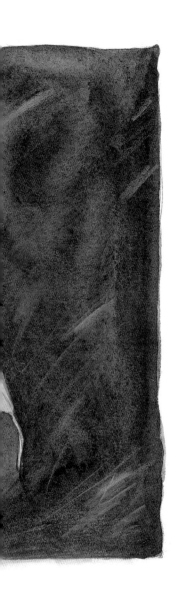

reconocido yo misma mis propios errores.

Al salir de su casa, el brujo Madaleno me dijo:

—¡Espera... una fotografía!

Y de la puerta pequeña, aquella que vi al principio, salió Toén, el enanito Toén, con una cámara fotográfica. Madaleno se puso a mi lado y Toén nos hizo una foto... Hablando de fotos, ¡ya sé quién era aquella joven de pelo largo que vi al llegar y que me recordaba a alguien...!

25

DESPEDIDA

Fui corriendo hacia Toén y lo cogí en brazos. ¡No había sido fruto de mi imaginación! ¿Entonces la pastelera...? Dejemos a la pastelera tranquila...

—Bueno —dijo Toén—. Esta vez sí que es el final.

—No —contesté—, un hasta pronto.

Dije adiós a Madaleno y nos fuimos mi padre, mi madre y yo hacia la ciudad, hacia mi dulce hogar. Por el camino pregunté a mi madre:

—¿Tú habías estado allí?

Y me respondió asombrada:

—¿Cómo lo sabes?

Le contesté con picardía:

—Me lo ha dicho un enanito.

Y nos echamos a reír. Pero lo cierto es que estaba muy guapa en aquella foto.

Luego, después de pensar qué estarían haciendo el brujo y Toén, pregunté otra vez a mi madre:

—¿Cuántos días he estado allí?

Ella respondió:

—Sólo unas horas, unas largas y pesadas horas.

26

FELIZ DESPERTAR

A la mañana siguiente me desperté en mi cama. ¿Había sido todo un largo sueño? Me dirigí a la cocina, donde estaba mi madre; al mirarme a la cara dedujo mi preocupación y me dijo:

—No, cariño, no ha sido un sueño.

Y contenta de saberlo, desayuné y me fui a dar una vuelta. Durante el paseo vi las cosas muy distintas, como si hubiese cambiado mucho todo. Había descubierto otro mundo, ya no era

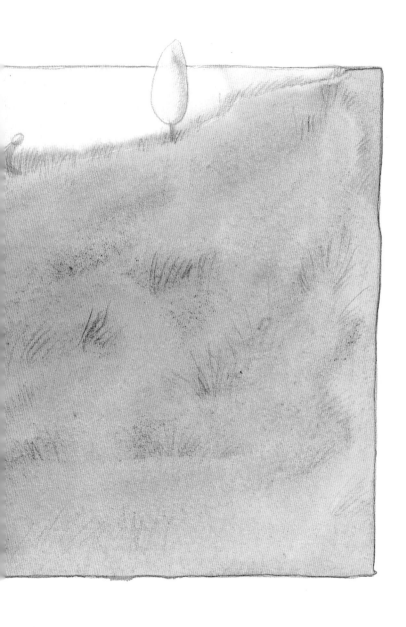

aburrido pasear sola por la ciudad, porque había aprendido a vivir y disfrutar de lo que me rodeaba sin necesidad de soñar con otras cosas que yo creía mejores.

Y ya me veis, paseando tranquilamente bajo el cálido sol de primavera, las hojas y ramas floreciendo, nubes volando inquietas, y un templado y suave viento acariciándome la cara...

ÍNDICE

J
F
ALV
Sp